Tadpole Books are published by Jump!, 5357 Penn Avenue South, Minneapolis, MN 55419, www.jumplibrary.com

Editor: Jenna Trnka **Designer:** Anna Peterson **Translator:** Annette Granat

Photo Credits: GlobalP/iStock, cover, 1; Anan Kaewkhammul/Shutterstock, 2–3, 16tl; Dennis Jacobsen/Shutterstock, 4–5, 16tm; Tom Brakefield/Getty, 6–7, 16bm; noise-fotografie/Photocase, 8–9, 16br; Gary Vestal/Getty, 10–11, 16tr; moosehenderson/Shutterstock, 12–13, 16bl; Abhishek Singh/Dreamstime, 14–15.

Library of Congress Cataloging-in-Publication Data

Names: Nilsen, Genevieve, author.
Title: Los cachorros del tigre / por Genevieve Nilsen.
Other titles: Tiger cubs. Spanish
Description: Tadpole edition. | Minneapolis, MN: Jump!, Inc., (2019) | Series: Animales bebés de los safaris |
Audience: Age 3–6. | Includes index. Identifiers: LCCN 2018037636 (print) | LCCN 2018038693 (ebook) |
ISBN 9781641285483 (ebook) | ISBN 9781641285476 (hardcover : alk. paper) | ISBN 9781641286831 (pbk.)
Subjects: LCSH: Tiger—Infancy—Juvenile literature.
Classification: LCC QL737.C23 (ebook) | LCC QL737.C23 N56418 2019 (print) | DDC 599.75613/92—dc23
LC record available at https://lccn.loc.gov/2018037636

LOS CACHORROS DEL TIGRE

por Genevieve Nilsen

TABLA DE CONTENIDO

LOS CACHORROS DEL TIGRE

¡Mira! Cachorros de tigre recién nacidos.

cachorro

Todavía no pueden ver.

mamá

Mamá ayuda.

4

Ella los carga.

Les da de mamar.

Los limpia.

Les enseña.

Los cachorros juegan.

¡Crecen!

REPASO DE PALABRAS

cachorros

carga

enseña

juegan

les da de mamar

limpia

ÍNDICE

16